AF336368

ANNIVERSAIRE

DES

27, 28, 29 JUILLET 1830.

PARIS,

CHEZ LES MARCHANDS DE NOUVAUTÉS.

1831.

ANNIVERSAIRE

DES

27, 28, 29 JUILLET 1830.

Voici venir les jours des sombres pensées; jours de gloire, dont les malheurs publics ont fait pâlir l'éclat, jours d'espérance et de joie, qu'une année de souffrance et d'humiliation nous ramène stériles; époque de force, de jeunesse et de vertu, dont on a tué l'avenir, et qui nous revient froide comme la viellesse, et veuve de ses brûlantes inspirations !

Passe vîte devant ces tombeaux, toi qui as un cœur d'homme, passe vîte en détournant les yeux. Que le rouge te monte au front ou plutôt que le froid de la mort te saisisse si tu abaisses tes regards sur les cendres de ces héros, et que tu les promènes ensuite autour de toi! Ce que la terre te cache excite ton admiration, et ce qu'elle te laisse voir n'est que misère et infamie !

Enveloppé dans ces tristes pensées comme dans un manteau de deuil, et fatigué de ma vie, je m'endormis d'un mauvais sommeil: pour moi depuis long-temps la vie était sans charmes, l'immobilité sans repos, le réveil sans plaisir. Des lâches et des pervers avaient tari ma coupe des trois jours, et ne m'en avaient laissé que la lie. Je m'endormis entouré de leurs hideuses figures, au milieu de tombeaux ouverts, et avec des pensées de haine, de mort et de vengeance.

Un bruit d'ossémens se fit entendre, et je vis, dans des cercueils ouverts, des débris humains et des débris de couronnes, des sceptres et des trônes en éclats.....

Ces os se rejoignirent et un grand corps s'éleva, foulant à ses pieds les insignes envahies dans sa tombe...

Oh! comme je me sentis *misérable* quand je reconnus devant moi, terrible et menaçant, ce spectre de juillet! comme la honte et le désespoir dominèrent alors ma vieille amitié pour celui dont je voyais l'ombre sainte : ma main se serait plutôt séchée que de s'avancer vers la sienne.... Je lui demandais grâce, je sentais des larmes de sang me sillonner le visage, et pourtant aucune mauvaise pensée n'avait jamais déshonoré mon cœur!

. . . .

. . . .

« ...... Est-ce pour cela, me dit-il, que nous nous
« sommes fait tuer? Nous avons fait l'œuvre, et vous
« n'avez pas su la recueillir! — Sont-ce donc ceux qui
« devaient vivre qui ont été tués, et ceux-là qui de-
» vaient mourir qui ont vécu? — Tout était fait et vous
« avez laissé tout perdre : notre vie valait mieux. Dé-
« rision amère!..... Notre sang n'a-t-il coulé que pour
« rendre à la pourpre son éclat passé?

« Timides enfans, quand vous aviez les armes à la
« main, vous vous êtes laissés enchaîner par ceux-là
« qui s'étaient cachés pendant le combat!.....

« Qui donc a changé ces paroles d'espoir et ces
« cris de force et d'avenir en cris de détresse et de
« caducité, ces chants de fête en paroles de mort, ces
« accens de paix et de concorde en imprécations de
« guerre civile ?..... L'incapacité aveugle, la vanité
« des cours, la peur à la vue louche et peut-être la
« trahison qui exploite ces tristes sentimens.

« Mais quels sont ceux qui se sont constitués ainsi
« les artisans de votre esclavage et de votre humilia-
« tion ?.... Ce sont ces nobles champions de la gauche,
« qui protestèrent quinze ans de leur amour pour la
« légitimité; qui laissèrent lâchement arracher *Ma-*
« *nuel* du sein de la représentation nationale, et re-
« pousser *Grégoire* comme indigne. Ces hommes des
« cours prévôtales et des échafauds de 1816, ou bien
« ces serviles de l'empire, façonnés au knout du ty-
« ran, ces eunuques ignorans de nos trois jours!....

« ...... Nos trois jours! Ah! c'était une époque
« neuve, en effet, que celle où la sainte canaille allait
« prendre la royauté au collet, ou se coucher sur son
« lit doré...... Sa place y est restée, et ne s'effacera
« pas.....

« A une ère nouvelle, il eût fallu des hommes nou-
« veaux, des hommes aux mâles pensées et aux senti-
« mens généreux.

« Mais pour arrêter pareil essor, il fallait des hom-
« mes flétris par le despotisme, démoralisés par les
« mensonges de la restauration, ou par la passion de

« l'or, et aussitôt, à notre révolution si probe, ils ont
« donné pour directeurs, des Satrapes gorgés de
« vols, un valet doré d'antichambre, des traîtres de
« tous les temps, des avocats cupides, n'ayant jamais
« souffert et ignorant les misères du peuple!

« Oh! les hommes habiles, s'ils ne sont de grands
« traîtres, que ceux qui ont perdu tant de richesses,
« et flétri tant de germes de prospérité!

« En tombant nous avons effrayé l'Europe, ébranlé
« tous les trônes...... Eux, vous ont fait devenir la ri-
« sée de l'Europe!... Rassurez-vous, ont-ils dit à tous
« les rois tremblans, nous vous donnerons du temps,
« et ils leur ont donné un an........ La Prusse et
« l'Autriche ont entouré nos frontières de leurs ba-
« taillons!.....

« Quand nous nous sommes endormis, l'air était
« frappé des cris de fraternisation, d'affranchissement
« des peuples..... A notre signal, l'Italie s'est levée,
« l'Espagne s'est agitée, la Belgique a brisé ses fers,
« l'héroïque Pologne s'est précipitée au-devant des
« bataillons Russes qui fondaient sur vous.....

« ...... Eh bien! ils ont abandonné l'Espagne et
« l'Italie aux bourreaux de la Sainte-Alliance..... La
« Pologne vous a sauvés, et la Pologne va mourir.....
« Honte à vous! mais *honte et malheur!* surtout à ces
« cœurs flétris et à ces intelligences grossières qui
« pouvaient sauver l'Europe, et qui l'ont divisée; qui
« ont, en moins d'un an, perdu tant de ressources,
« usé tant de vie, mené la jeunesse et la force à la dé-
« crépitude, et qui se sont adressés aux faibles, aux
« ignorans et aux lâches, pour faire naître en eux tous
« les mauvais sentimens qu'enfante la peur!

« Les insensés! ils veulent de la force, et ils ont di-
« visé le faisceau : ils veulent de la force, et ils s'épui-
« sent à remonter un torrent qui doit les entraîner!

« Au premier de tous qui a commencé l'œuvre con-
« tre-révolutionnaire, à celui qui a flétri la pensée
« de juillet, qui lui a ôté sa conscience, sa moralité,
« sa force et sa vie; ennemi d'autant plus perfide du
« mouvement, qu'il a voulu paraître s'engager dans
« son cours....... A Guizot de Gand, honte et mal-
« heur!

« Au grand-prêtre de toutes les infamies, à Talley-
« rand, honte et malheur!

« Honte et malheur au *Sixte-Quint* moderne, à ce-
« lui qui simula pendant dix ans la souffrance, pour
« mieux arriver à son but! Oh! qui peut avoir oublié,
« devant le palais de la Bourse, son visage pâle et
« plein de terreur, au milieu des figures rayonnantes
« du 29 juillet? Il fallait soutenir sa marche chance-
« lante : que d'éloquence dans cette figure!.... c'était
« le Dieu de la peur.... Rentrez chez vous, s'écriait-
« il, fiez-vous à nous du soin de vos intérêts!
« . . . . . Oui, nous rentrerons quand nous aurons
« pris le Louvre, et toi, ta mission est remplie : fuis
« le danger qui s'apprête! Quelle que soit l'issue du
« combat, tu as paru un moment au milieu des bar-
« ricades, et tu peux, à ton gré, dire que c'était pour
« encourager ou pour congédier les combattans.........
« Va, cours à St.-Cloud, ou reçois-en le message,
« mais avec la même prudence, et, quand tu seras
« commis à la défense des intérêts populaires, garde-

« toi de rien signer, car les signatures restent, et fais
« en sorte d'avoir été, selon le cours des événemens,
« l'homme de Charles X quand il reviendra, ou
« l'homme de Philippe s'il demeure....; mais l'homme
« du peuple, ah! jamais, la place est marquée main-
« tenant loin de ses rangs et au nombre de ses plus
« dangereux ennemis.

« Et vous voulez fêter les grandes journées! — Cou-
« rage, *il vous en faut*, poursuivez votre œuvre d'i-
« niquité!

« N'avez-vous pas déjà chanté honneur et gloire
« aux vainqueurs, comme ces figures infernales du
« *Dante* qui grimacent le plaisir en avalant un breu-
« vage empoisonné....? et le lendemain vous deman-
« diez leurs têtes!....

« Et plus tard, ne trouvant plus de juges pour les
« condamner, vous en appeliez contre eux aux pas-
« sions populaires!

« Les passions populaires de 1815 se sont bien
« éteintes, celles de 1831 s'éteindront aussi, et les
« nécessités seules de l'avenir resteront, car elles sont
« impérissables. L'œuvre est accomplie : la révolution
« à laquelle nous devons un trône et ses faveurs nous
« importune, avez-vous dit dans votre vertige!....
« Eh bien! tuons notre mère : jetons sur les sables
« d'Afrique une partie du flot révolutionnaire ; le
« reste sera plus facile à contenir.

« De quel front oserez-vous donc fêter Juillet,
« quand vos cachots sont pleins de ses combattans,
« et que vous en avez envoyé une autre partie sur la
« plage africaine, nus et désarmés, pour les exposer à
« la risée d'une armée régulière? Mais vos projets ont

« échoué : les hommes de Juillet se sont conduits en
« Afrique comme en France, et ont commandé à
« leurs railleurs l'admiration qui leur est due!

« Oh! que la pâleur de la mort couvre leurs fronts,
« alors qu'ils prononceront les noms des vainqueurs!

« Les uns dans l'exil, d'autres dans les prisons,
« deux d'entre eux au carcan, et des fêtes pour eux!...

« Que votre langue s'attache à votre palais quand
« vous direz *victoire!*

« Ils n'étaient pas trop nombreux, pourtant, les
« combattans de la révolution pour achever leur
« tâche!......

« C'est avec les enfans de Paris qu'il fallait mar-
« cher au Rhin pour donner au monde la paix, et
« pour ouvrir toutes les sources de ses prospérités!

« Non, ce ne sont pas des fêtes qu'il faut faire, ce
« ne sont pas des crêpes, ni des chants funèbres
« qu'attendent les héros de juillet. Après ce qu'on
« a fait de leur conquête et de leurs frères de com-
« bat, c'est une insultante ironie. Ce qu'il leur fal-
« lait, ce qu'il leur faut encore, et ce qu'il faudra
« plus tard au monde, c'est l'accomplissement de
« l'œuvre sainte, c'est l'exécution du contrat, c'est le
« prix du sang versé pour le pays, c'est l'extinction
« du privilége, l'émancipation de la pensée, l'union
» des peuples!

« Nous avions écrit en traits de sang : *Egalité!...*
« *plus de priviléges!.... aux traîtres malheur, mal-*
« *heur!* Qui donc a osé méconnaître le sanglant pro-
« gramme tracé par la main des mourans?..... »

Je m'éveillai couvert d'une sueur froide, l'ombre sainte avait disparu avec le sommeil, les mots de haine et vengeance s'échappaient de ma bouche desséchée; ces traits de sang marquant *justice, égalité, plus de priviléges, malheur aux traîtres*, continuaient à frapper ma vue; je voyais des broderies ensanglantées et des écussons couverts de fange, je me rappelai que Talleyrand représentait la France en Angleterre, que Wolffel, l'assassin de Berton, Wolffel, l'homme du crime, continuait d'être commis à la répression du crime...., cruelle dérision! Je me rappelai que le général Malartic, le bourreau de ce même Berton, que Thiers, l'assassin de Caron, se portaient bien..... Et plus haut mes regards s'arrêtèrent sur des broderies sanglantes, et je songeai encore à l'ambassade de Vienne et au maréchal Ney!.....

Mes yeux s'ouvrirent alors complètement; le jour était venu, je reconnus le sol humide et la voûte sombre de mon cachot : j'étais en prison. Les mots de *justice, égalité,* bourdonnaient encore à mes oreilles, et au-dessus de moi Persil dormait en liberté (1).

———————

Je fus saisi d'un profond sentiment d'humiliation, et la vie me pesa; j'étais honteux d'en partager les conditions avec de pareils hommes, et je me dis : « L'humanité vaut pourtant mieux que cela : pour- « quoi donc est-elle ainsi gaspillée? »

Promenant mes regards sur l'histoire de mon pays et sur les personnages qui veillent à ses intérêts, qui font ses lois, je ne vis qu'opprobre et infamie.

———————

(1) Les appartemens de M. Persil sont au-dessus de la prison de la Conciergerie.

...., Sous l'empire, des esclaves, des voleurs et des traîtres !

Sous la restauration, des hipocrites et des menteurs!

.   .   .   .   .

Et je me dis : Qui donc les a tous faits si vils et si cruels, si froids pour le bien et si ardens pour le mal de leurs semblables, et la voix de ma conscience me répondit :

« Les cours, la passion des richesses, la vanité à la« quelle tout est sacrifié, probité, honneur, repos in-« térieur, vie de famille, innocence de mœurs; ..... la « fureur des places données à la faveur, le besoin de « ramper pour les avoir, les gros traitemens et leur « appât corrupteur! »

.   .   .   .

.   .   .   .

Quand donc un gouvernement sera-t-il un moyen de rendre les hommes meilleurs, quand se fondera-t-il sur la vertu, quand éveillera-t-il entre les hommes une noble émulation de sentimens d'honneur et de générosité?

Autrefois et hier, et aujourd'hui plus que jamais, tout corrompait et continue de corrompre ce qu'il y a de bon, de digne et de ferme dans l'organisation de l'homme.... Y a-t-il noble résistance à ce qui est mal, on le met aux prises avec la faim, le repos de sa famille. — On lui dit : *Viens donc*, et la plupart du temps on l'amène. — S'il résiste, on le déchire, on le calomnie. — Seul contre tous il ne peut tenir : le plus vertueux alors est celui qui cesse de l'être plus tard que les autres. Vivrons-nous donc toujours dans des pensées de haine? Jeunes et vieux, passerons-nous toute notre existence dans le linceul de la mort? Ne verrons-nous donc jamais que des glaives et des couteaux sanglans, et n'aurons-nous plus de douces pensées d'amitié, de fraternité, de bonheur et d'ivresse?

Quand l'homme, jusqu'ici calice impur, deviendra-t-il un calice de vertu? — Quand sera-t-il permis de vivre sans cesser d'être juste? — Quand le chef de famille pourra-t-il regarder sa femme ou son fils sans leur jeter un regard de reproche ou de regret de sa vertu vendue pour leur donner du pain?

Est-ce à vous de répondre à ces questions, ô gouvernans du jour, et pouvez-vous les comprendre?

« Et vous, Philippe-d'Orléans, le temps n'est plus « où l'oreille des rois n'était caressée que par des pa-« roles d'adulation! — Un roi aujourd'hui accepte un « lourd fardeau : avant de le prendre, vous avez dû « mesurer vos forces; écoutez donc :

« Vous gouvernez le premier peuple du monde : la « révolution dernière avait développé chez lui des élé-« mens nouveaux de force et d'activité, dont il ne fallait « qu'observer et suivre les tendances : il y avait là un « long avenir de bonheur.

« Ces tendances ont été violentées : de-là les mal-« heurs publics qui nous accablent.

« Toute confiance perdue, la ruine du commerce, « la détresse générale, l'imminence d'une guerre à la-« quelle nous ne sommes pas prêts, voilà les stygmates « de votre année de règne, voilà ce que vous devez à « Guizot et à Casimir Périer!

« A notre liberté toute nue, à la voix mâle, aux for-« mes rudes, des menteurs titrés ont voulu donner des

« manières de boudoir et des habits de satin : ils ont
« ramassé leurs croix et leurs broderies dans le sang et
« dans la boue!... Plus tard, ils ont fait outrager nos
« couleurs nationales....

« Le bon sens et la pudeur publics ne l'oublieront
« pas!

« Chaque événement a une pensée : la grande pen-
« sée qui luttait depuis quarante ans a éclaté en juillet;
« vos hommes l'ont méconnue! qu'ils se félicitent de
« leur œuvre, ils ont eu plus d'une fois pour auxiliaires,
« pour nobles champions et pour approbateurs, les
« hommes de Charles X, les éternels ennemis du
« pays : plus d'une fois leurs vœux se sont rencon-
« trés avec les leurs dans l'urne électorale!

« Votre gouvernement a eu le malheur d'attaquer,
« de flétrir depuis un an tout sentiment de justice
« et de dévouement; il a eu le malheur d'ébranler
« dans tous les cœurs ce qui fait la force et la durée
« des gouvernemens!

« Il faut être bien mal habile et bien à plaindre
« pour avoir, en moins d'un an, poussé le pays à
« l'excès de souffrances où il est réduit! Tout le
« monde veut gouverner, vous fait-on dire, et de là
« vient tout le mal!.....

« Eh! non, tout le monde ne veut pas gouverner;
« mais, dans un cas d'incendie, tout le monde ac-
« court sur la place publique. Eh bien! en cas de
« danger, de trahison, ou d'incapacité des gouver-
« nans (le péril est le même), tous les bons citoyens
« sont dans l'anxiété et poussent des cris de dé-
« tresse!

« Tous les travaux paisibles, où en sont-ils? Les

« échanges, les études, les sciences, les arts, leurs
« sources sont taries.......

   « A qui en est la faute ?

   « Aux circonstances d'abord, et puis à votre gou-
« vernement qui ne les comprend pas. Au lieu de
« sentir cet instinct brûlant qui préoccupe tous les
« esprits, qui stimule tous les cœurs, et qui a besoin
« d'alimens et de direction, vos hommes d'état se
« tordent les bras comme une vieille femme impuis-
« sante, dont la maison brûle.

   « Ils en sont encore à rêver, comme sous Charles X,
« à des comités directeurs, alors qu'ils ont devant les
« yeux le danger du pays, le sentiment de ce danger
« qui est dans tous les cœurs, et au-dessus de tout, la
« misère et l'émeute, l'émeute qui fait la terreur de
« leurs nuits, et qu'ils s'opiniâtrent encore à considé-
« rer comme cause du mal, quand on leur crie tous
« les jours qu'elle n'est que l'un des effets de la
« souffrance et de l'anxiété universelles !

   « Qu'au lieu de voir la vérité, ils passent leur temps
« à calomnier, jusque par votre bouche, ceux-là qui
« ont résisté quinze ans à l'ordre renversé ; cela ne
« peut étonner de leur part : l'impuissance est aveu-
« gle....., mais vous, rappelez-vous des faits dont le
« souvenir n'a pu s'effacer.

   « Nous avions les armes à la main. Eclairés par le
« passé, nous entrevoyions l'avenir, qui n'a fait que
« justifier toutes nos prévisions, et nous n'étions pas
« enclins à nous désarmer. —On nous promit tout
« pour le bonheur du pays : — Cela ne suffisait pas :
« notre vieux général républicain, notre camarade de
« lutte contre les Bourbons, nous supplia, ce consti

« tua mandataire du peuple, nous dit qu'il avait en-
« gagé son honneur.... nous cédâmes, et les conditions
« furent posées ! nous cédâmes loyalement, et nous
« voulûmes voir l'épreuve d'un nouveau trône.....

____

« Vous vous êtes dit alors républicain, Philippe
« d'Orléans, vous avez annoncé un trône entouré
« d'institutions républicaines.

« C'était, en effet, le seul moyen de lui donner
« force et durée. »

. . . .
. . . .
. . . .

IMPRIMERIE DE AUGUSTE MIE,

RUE JOQUELET, N° 9.

www.ingramcontent.com/pod-product-compliance
Lightning Source LLC
LaVergne TN
LVHW010116060726
842524LV00006B/2551